BATTU

PEINTURE DE MŒURS

COUP D'ŒIL ARTISTIQUE

DANS LE MONDE ANIMAL

PARIS

DESLOGES, Libraire, rue Croix-des-Petits-Champs, 4,

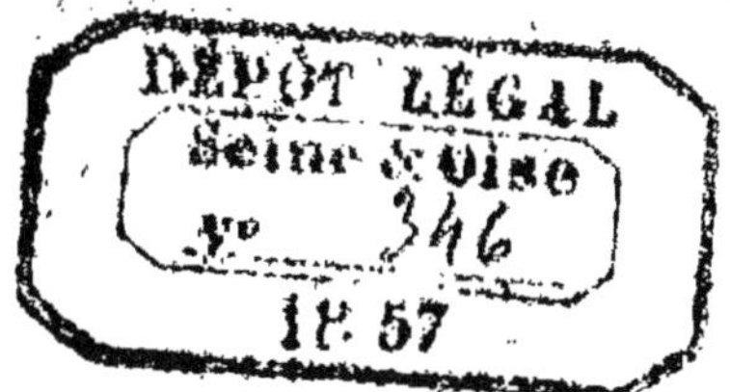

LATIL

PEINTURE DE MŒURS

COUP-D'OEIL ARTISTIQUE

DANS LE MONDE ANIMAL

PARIS

Desloges, libraire, rue Croix-des-Petits-Champs, 4

1857

PRÉFACE

Les muses sont sœurs, a dit le poëte. Personne plus que Latil n'en fournit la preuve. La peinture, la poésie et la composition musicale ne lui sont-elles pas familières ? Peintre d'histoire et peintre de genre, il lui a été décerné les récompenses suivantes :

1827. Exposition de Paris — Une médaille de 2e classe.
1837. — de Boulogne. — médaille de 1re classe.
1838. — de Cambray. — médaille de 1re classe.
1839. — d'Orléans. — médaille de 1re classe.
1841. — Paris. — médaille de 1re classe.
1852. — Espagne. — Nommé chevalier de l'Ordre Royal d'Isabelle-la-Catholique.

Après avoir conquis sa place au soleil, Latil veut jouir des douceurs du *far niente* méridional, et, déposant ses vaillants pinceaux, il cherche un petit coin à l'ombre, mais le repos n'existe pas pour les disciples fervents et convaincus de l'Art.

Quiconque porte à sa bouche cette coupe pleine de

miel et d'absinthe, ne peut plus en détourner ses lèvres.

Le Juif-Errant des temps modernes, c'est l'artiste travailleur, toujours à la recherche du Beau.

« Le Beau, c'est le Vrai, » quelques formes qu'il prenne, qu'il se nomme Raphaël, Phidias, Molière, Shakspeare, Rossini ou la Malibran.

L'ange biblique chassait devant lui le Juif-Errant, en l'aiguillonnant avec ce cri vengeur : *Marche ! Marche !*

Travaille ! Travaille ! tel est le cri qui excite l'artiste dans son labeur incessant. Cette voix intérieure qui le pousse, se nomme pour les uns *le feu sacré*, pour les autres *le diable au corps* ; son véritable nom, c'est la *Vocation*.

L'Art est un dieu fort et jaloux ; l'Art ne lâche pas facilement sa proie. Il choisit dans son carquois certaines flèches armées de rimes les lance à travers le cerveau, après les avoir empennées de gais refrains et de suaves mélodies.

Un beau matin donc, Latil s'est réveillé poëte et musicien, il a cessé d'écrire des poëmes avec son pinceau ; son talent s'est métamorphosé, il a peint des tableaux, des satires de mœurs avec sa plume.

Mais la presse ne l'avait-elle pas déjà surnommé le peintre moraliste, pour ces toiles où il a si énergiquement flagellé les vices de l'humanité, sous les titres de *la société en commandite; la Vente à 80 0/0 au-dessous du cours; l'Orpheline du Vétéran,* etc.

La biographie de Latil a été écrite par des juges souvent sévères, MM. Germain Sarrut et B. Saint-Edme, dans leur histoire des hommes du jour, ouvrage qui sera d'une grande utilité dans l'avenir. Voici ce qu'ils disaient de lui :

« Élève de Gros, M. Latil a puisé à son école la manière étudiée et solide, le style sévère, qui ont toujours distingué l'auteur de la *Bataille d'Aboukir,* même dans la phase décroissante de son talent. M. Latil a surtout un genre positif que l'on peut regarder comme fort rare aujourd'hui, où l'on donne beaucoup d'importance aux effets hasardés : il se rend généralement compte de toutes les lignes qu'il trace, de tous les coups de pinceau qu'il donne, et des accessoires, en apparence les plus indifférents, qu'il place dans ses tableaux. Cette clarté dans sa pensée rend ses œuvres faciles à saisir pour l'œil le plus inexpérimenté, et fait rayonner toutes les parties de sa composition vers le but qu'il s'est proposé d'atteindre ; mais parfois il descend trop dans les détails d'exécution matérielle, ce qui nuit à l'harmonie de l'ensemble ; il étudie avec trop de soin, et a, en un mot, les défauts de ses qualités.

» Une des qualités précieuses de M. Latil, c'est que, dans ses moindres sujets, on voit briller les saines traditions de l'art, qu'il conserve religieusement, tandis que d'autres les traitent avec un dédain parfait. M. Latil n'est pas peintre d'histoire seulement parce qu'il a exécuté des tableaux d'histoire, mais encore parce qu'il en met le style en pratique; son dessin est correct et annonce des connaissances anatomiques réelles; ses draperies conservent toujours, même sur une petite échelle, un jet large et harmonieux, où l'effet des belles lignes est balancé avec sagesse, et jusque dans ses plus petits tableaux, on retrouve le même soin de respecter le beau. Tout cela ne s'est pas produit sans études; aussi M. Latil est-il un artiste auquel on ne pourra jamais reprocher de manquer aux traditions.

» Il y a de la finesse, du laisser-aller et un fonds de moralité précieuse dans ses compositions de genre, dont la portée philosophique paraît avoir autant préoccupé l'artiste que leur exécution.

» Né, le 22 janvier 1797, à Aix (Bouches-du-Rhône), *M. François-Vincent-Mathieu* LATIL acheva ses études à l'âge de seize ans, et entra immédiatement à l'école de peinture de sa ville natale. Il ne tarda pas à se faire remarquer par ses progrès, et reçut à dix-huit ans, à la suite d'un concours, le diplôme de professeur suppléant.

» Ce premier succès enhardit le jeune lauréat, et dès lors il ne songea plus qu'à venir étudier la peinture à Paris sous les yeux de maîtres habiles. Il réalisa ce désir deux ans plus tard. M. de Forbin, directeur des Musées royaux, son compatriote, l'accueillit avec bienveillance, et le recommanda au peintre Gros, dans l'atelier duquel il espérait le faire recevoir gratuitement ; mais Gros était peu accessible aux recommandations des grands seigneurs, et M. Latil reçut un refus formel. Loin de se laisser abattre, le jeune artiste se prépara à de nouveaux sacrifices ; il s'imposa de nouvelles privations, et, pendant plusieurs mois, ne vécut, en quelque sorte, que de pain ; mais il était élève (payant) de Gros : toutefois il ne jouit pas longtemps de cet avantage ; ses faibles ressources s'étant épuisées, il fut obligé de quitter l'école. Il ne se rebuta pas et composa, seul et sans aide, avec ce soin consciencieux, qui est devenu depuis le cachet de son talent, une étude qui lui valut sa réadmission, gratuite cette fois, à l'école du grand peintre. « Votre étude, lui dit Gros avec cette bonté quelquefois brusque qui le caractérisait, est une recommandation plus puissante que celle de nos grands seigneurs. Venez chez moi, il y aura toujours une place pour vous. » C'est ainsi que pendant six ans, M. Latil a pu étudier, sous les yeux de l'illustre peintre, les principes de son art. »

En 1840, un journal, appréciant le talent de Latil, signalait une heureuse réminiscence de la coutume de quelques artistes d'autrefois.

« Jadis les peintres ne négligeaient rien de ce qui pouvait concourir à l'expression parfaite des figures, but de toutes leurs recherches, de tous leurs efforts. Et c'est sans doute à l'insuffisance de cette qualité chez la plupart des modèles, que nous devons aux artistes de la renaissance et du moyen âge d'avoir une foule de portraits de leurs contemporains qu'ils mettaient à contribution pour les faire figurer dans leurs tableaux. C'était une très-bonne méthode, qui, en donnant beaucoup d'intérêt à l'œuvre, fournissait au peintre l'occasion de déployer son talent de portraitiste.

» Aujourd'hui, le premier visage venu d'un modèle qui pose pour les héros païens et chrétiens va servir de thème à tous les sujets; l'artiste n'aura qu'à changer un tant soit peu l'expression, et demain le Marius d'aujourd'hui posera pour un saint Jean. J'ai regretté plus d'une fois de voir oublier le seul moyen qu'il y eût d'obvier aux défauts d'inexpression des têtes: mais cette fois, je l'ai trouvé employé avec bonheur dans trois tableaux de M. LATIL, dont toutes les têtes sont autant de portraits. C'est, par ma foi, une société bien choisie, et au milieu de laquelle vous serez charmé de vous rencontrer: d'autant mieux que l'artiste a été très-fidèle dans les ressemblances, et que j'ai pu tout d'abord reconnaître sur ses toiles l'élite de nos femmes auteurs. C'est peut-être la première fois qu'elles se trouvent ainsi en bonne intelligence. Voulez-vous savoir leurs noms? Ce sont mesdames DESBORDES VALMORE, MÉLANIE VALDOR, ANCELOT, CLÉMENCE ROBERT, ANAÏS SÉGALAS : pléiade brillante de cette voie lactée semée de tant d'étoiles poétiques: chacun y joue son rôle admirablement. »

A propos de ces tableaux, un poëte a écrit dans une revue artistique :

Latil a mis le genre au niveau de l'histoire,
Il a fait de son œuvre un panthéon de gloire,
Tout personnage est un portrait.

Vous qui connaissez et aimez les tableaux de Latil, vous applaudirez la forme nouvelle sous laquelle le peintre produit aujourd'hui sa pensée.

Fouillez dans les recoins les plus obscurs de son œuvre, peinture ou littérature, vous y trouverez toujours la probité la plus stricte, l'honnêteté la plus resplendissante, et le sentiment le plus vif de l'Art moralisateur.

ALBERT MONNIER.

PEINTURE DE MŒURS

La Pie et le Corbeau.

Pourquoi filer avec tant de vitesse ?
Demandait une Pie au Corbeau son voisin.
Mon cher, qui donc vous presse,
Pour sortir si matin ?

— Je vais, chère princesse,
Dans le lointain,
Là-bas, là-bas, faire un royal festin,
D'une grasse pâture ,
Lui répond Cornillard.

— Avec ce gros brouillard,
Avec cette froidure !
Vous avez tort, je vous l'assure. .
Mais du reste, Monsieur, comment va la santé ?

— Pas mal, et vous, la vôtre ?

— La nôtre !
Elle est de belle et bonne qualité.
— Mais, n'alliez-vous pas voir quelque divinité,
Quelque gente maîtresse ?
Lui dit dame Margot, avec malignité ;
Je le lis dans vos yeux, où se peint l'allégresse.
Vous savez que je suis un peu devineresse....
Et puis, sur ses amis, même sur ses parents,
Elle tranche, elle fronde ;
Débite avec des traits piquants,
Tous les nombreux cancans,
Qu'elle fait sur le monde.

Ensuite, après avoir bien mordu son prochain,
Ce qui la met en train,
Elle conte au Corbeau, son ami, son compère,
Ce qu'elle craint, ce qu'elle espère :
Que la veille elle a fait un excellent repas ;
Car son babil ne tarit pas.
— J'ai trouvé, lui dit-elle, au milieu du bocage,
Bien recouvert de foin,
Dans un trou, dans un coin,
Un bel et bon fromage,
Et tout entier.

Il a filé par mon gosier.

Jugez-vous de la rage

Du nigaud personnage,

Auquel ce fin morceau devait appartenir ?

Oh ! comme en le gobant je riais de plaisir !

Devine-t-on qui pouvait être

Le premier maître

De ce fromage appétissant,

Et si friand ?

Notre corbeau lui-même.

Sa fureur est extrême !

Ce cornillard, aussi prompt que l'éclair,

S'abat sur la rieuse,

Et puis, à coups de bec, punit cette voleuse,

En lui mettant à nu presque toute sa chair.

Dame Margot perdit son beau plumage,

Pour avoir oublié ce docte et vieil adage :

— Trop parler nuit,

Trop gratter cuit ;

Et trop manger n'est souvent pas plus sage.

Le Baudet, peintre.

Un baudet peintre aussi nul qu'un chapon,
Plus bête qu'un dindon,
Coiffé d'une perruque blonde,
S'en va partout braillant
Qu'on ne saurait trouver, sur la machine ronde,
Son pareil en talent.

De plus, cet orgueilleux, ce roussin d'Arcadie,
Rongé de jalousie,
Déchire à belles dents
Par des propos acerbes, impudents,
Tous les artistes de génie,
Même sans épargner l'illustre Académie.

Cependant ce croûton est toujours à l'affût,
Pour savoir si quelqu'un décède à l'Institut;
Et le cas échéant, ce peintre hétéroclite,
Couvrant de sa lévite,
Un superbe habit neuf
Du plus beau drap d'Elbeuf,
Court faire sa visite

LE BAUDET PEINTRE.

Court faire sa visite,
Aussi léger qu'un bœuf.

Aussi léger qu'un bœuf,
A ces messieurs les trente-neuf.

Depuis vingt ans (je crois même quarante),
Bien que trompé dans son attente,
Cet Asinus portant jabot,
Espère toujours, comme un sot,
Figurer au fauteuil de la place vacante.

Le roussin parviendrait certes, plutôt encor,
A remplir le tonneau des dames Danaïdes,
Qu'à conquérir sa toison d'or,
Dans ce jardin des Hespérides.

2

La Cavale et le Vautour.

Dans des prés verdoyants ornés de mille fleurs,
Qui répandent au loin de suaves odeurs,
Une grosse cavale, a la forte encolure,
Aimant les bois, les eaux et la verdure,
Broute et rôde sur les gazons,
Par foucades, par bonds.
Cette jument au cœur plein d'artifices,
Suit en tout ses caprices.
Ombrageuse à l'excès,
Sujette à la colère ;
De son humeur altière,
On craint fort les accès.

Haineuse,
Frondeuse,
De plus très-orgueilleuse,
Elle veut gouverner,
Et trôner ;
Et puis encor , dans sa ruse profonde,
Elle attaque, elle sonde
Chaque repli du cœur,

LA CAVALE ET LE VAUTOUR.

Aposté sur un pic dominant le vallon,

Et trouve son bonheur
A tromper tout le monde.
Prônant partout ses charités,
Ses générosités ;
Cependant, elle dit avoir la certitude
Qu'on ne répond à ses bontés,
Ses libéralités,
Que par l'ingratitude.

Néanmoins, un disciple de Gall,
Médecin phrénologue,
Un singe fort en vogue
Et très-docte animal,
Ayant palpé ses bosses,
Vit parmi les plus grosses,
Primer celle du mal.

Aposté sur un pic dominant le vallon,
Un ignoble vautour de perverse nature,
Ayant sur l'omoplate un affreux durillon
D'une vaste courbure,
Venait seul, en sournois, chercher de la pâture ;
Et cependant
Cet impudent,

A son parent
Chaque jour renouvelle,
Avec serment,
La promesse formelle
De ne chasser qu'ensemble et fraternellement.
Mais à ses yeux, par un hasard étrange,
Sur le pic apparaît
Ce parent, cet ami, que le fourbe trompait.
Maître Vautour, pour lui donner le change,
D'un air cafard, lui dit tout bas :
— Copin, Copin, braque tes yeux sur la vallée;
Regarde donc là-bas, là-bas,
Cette vieille jument, d'allure évaporée.
Il faut suivre ses pas.
Au jour de son trépas,
Pour nous, quelle curée !

Le Copin repartit
Le cœur plein d'allégresse :
— A ton projet j'acquiesce,
Et certe il me sourit.
Mais alors dans ce cas, il faut que je délaisse
Ma femme et mon petit.

— Va, mon très-cher, veille sur ton ménage ;
Tu peux partir.
Si la bête vient à mourir,
Ami, je veux t'en avertir,
Car, il faut entre nous, faire un égal partage.
Et pourquoi donc t'inquiéter ?
Compte sur moi ; compte sur mon courage.
Je prendrai soin de dégoter
Les parents, les rôdeurs, et tout le voisinage.

Délivré du nigaud, qui le croit sottement,
Cet hypocrite,
A tout événement,
S'envole vite
Auprès de la jument.

Ce n'était pas une petite affaire,
De l'aborder et ne pas lui déplaire.
Aussi maître Vautour, ce cafard aigrefin,
Prit un air patelin,
Un air de déférence
Et dit : — Il n'est bruit en tous lieux,
Sous la voûte des Cieux,
Que de votre savoir et de votre éloquence,

Noble jument : N'ayez point de courroux
    De me voir près de vous,
    Car ma seule espérance
Est de glaner quelque peu de science
Dans le riche terrain de votre instruction.

    — Et moi, j'ai la conviction
    Que tu veux envahir mon domaine.
    Voilà ce qui t'amène.
    C'est une invasion,
    Une usurpation.
Ne cherche pas, messer le volatile
    A m'attraper,
    A me duper.
Je t'en préviens, la chose est difficile.

    — Moi ! vouloir vous tromper,
Digne Jument ! J'en serais incapable.
    — Alors, il faut te disculper,
    Si tu n'es pas coupable.
Que faisiez-vous là-haut, ton camarade et toi ?
Vous tramiez, là, quelque complot perfide.
    Contre qui ? Réponds : contre moi ?

— Vous avez devant vous l'être le plus timide,
Sans détours et sans fiel,
Et qui pour vous demande au Ciel
De bien longues années.

Cet habile endormeur poursuivant ses menées,
Avec art machinées,
De la jument flatte l'orgueil
Jusques à l'hyberbole
Se prête à tous ses goûts, la caresse et l'enjole;
Si bien, qu'en un clin d'œil
Il devient son idole.

Un beau soir, la jument dans sa graisse étouffa :
Le Vautour triompha.
Cet animal vorace
Fit à l'instant main basse,
Sur le gîte-à-la-noix et sur la tranche grasse.
Il prit aussi pour lui le filet, l'aloyau;
Enfin le meilleur du gâteau.

Le cher Copin, dans son partage,
Eut pour tout héritage,
Les os

Et les quatre sabots,
Pour faire son potage.
Puis, quant aux autres lots,
La dame de son gîte
Reçut le rond de gite.
Collier, poitrine et paleron,
Échurent au poupon.

Que l'animal ressemble à l'homme
C'est tout comme.

Les Goujons.

Accourez vite,
Goujons d'élite,
Pour festiner.
Accourez vite,
Je vous invite
A déjeuner.

Faites bombance,
En ma présence,
Des vermisseaux
Que je vous lance,
En abondance,
Au fond des eaux.

Que l'allégresse
Soit dans vos rangs.
Mangez sans cesse,
Goujons friants ;
Venez par mille,
Tous à la file,
Pour godailler ;

Je vous assure
La nourriture,
Sans travailler,
Je vous le jure.

Pourquoi soudain,
Cet air mutin,
Cette colère?
Vous refusez
Et repoussez
La bonne chère
De mon festin !
Par la malpeste !
Votre frayeur,
Votre terreur,
Est manifeste.
Vous fuyez tous !
Ai-je la peste?
Expliquez-vous ?

— Pêcheur avide,
Être pervers,
Goujonnicide !
Bien que des vers

Cache ta ligne,
Plus que maligne,
Mons Friponneau !
Sous la pitance
Qui se balance,
Au fil de l'eau
Pour notre panse,
Nous découvrons
Les aiguillons
Des hameçons,
Qui nous crochètent
Par le museau,
Et qui s'apprêtent
Chez Moriceau.

Homme perfide !
Il faut te fuir
A toute bride,
Ou bien mourir.

Oui ! ton approche
Sème l'effroi.
L'on vit pour soi,
Pour sa caboche.

Maître enjôleur,
Damné hableur !
Tu nous calines,
Pour nous piquer,
Et nous croquer.
Tu patelines
Et nous fascines,
Monstre assassin !
C'est ton festin
Qui nous attire
A ce grappin
Qui nous déchire.
Puis tout sanglants,
Tout palpitants,
Tu nous fais frire !

Avons-nous tort,
Craignant la poêle,
De faire voile
Vers l'autre bord ?

Le Renard, peintre.

Un vieux Renard, parlant comme un évangéliste,
   Peintre d'intérieurs, d'un illustre renom,
      Malin comme un démon,
      Sournois, très-égoïste,
Etait de plus avare, envieux et poltron.

Un jour ce fin matois, en prenant son air bon,
Disait à ses amis : — Ma tristesse est profonde
En voyant votre sort, ô pauvres Renardeaux.
Aussi, pour vous, je vais me retirer du monde,
Et peindre en amateur, dans un de mes châteaux,
Afin que vous ayiez ma part dans les travaux.

Mais, avant de partir, ce peintre de moinailles,
Riche comme Crésus, sans cœur et sans entrailles,
Se faisait commander jusques à sept tableaux,
     Dans les plus grandes tailles!..
     Pour des fonts baptismaux.
C'était au détriment de ses chers Renardeaux,
Mourant de faim, quand lui croquait des cailles.

Or, un jeune Renard,
Vint trouver le vieillard,
Et bouillonnant de rage,
Il somma ce cafard,
De rendre à qui de droit, ce travail, cet ouvrage.
Il le rendit en véritable couard,
Pour conjurer l'orage.

Depuis ce jour imitant certain Rat,
Le rusé personnage
Vécut dans son fromage,
Tout seul comme un béat.

Méfiez-vous des gens à mine débonnaire,
Toujours se réservant les portes de derrière.
Si vous les laissez faire,
Ils vous dépouilleront avec subtilité,
Tout en parlant d'humanité,
De charité.

Les deux Lapins.

Autour de son terrier, messire Jean Lapin,
    Joyeusement chaque matin,
    Avec son fils, charmante créature,
    Vient folâtrer sur la verdure,
        Tout en broutant le thym,
    Le serpolet, le romarin.

        D'un naturel contraire,
        Son morose voisin,
    Fort ennuyé sur cette terre,
Vint le voir, et lui dit : — Mon jovial confrère,
Tous les jours je me damne, et je me désespère.
        Le spleen est venu m'assaillir.
        J'avais résolu de mourir !
C'est avec ce cordon que je devais me pendre ;
        Mais j'accours vous apprendre
        Que j'ai changé d'avis,
Préférant m'embarquer pour les lointains pays.
Ailleurs j'aurai bon gîte et plus grasse pitance.

— Perdez-vous la raison, êtes-vous en démence

Répond maître Jeannot. Quitter de vrais amis,
Une fort bonne chère, un excellent logis !
    Ah ! ce serait un crime,
Et de tous ces projets vous seriez la victime.
    Il vaut mieux chien debout
Que monarque au tombeau, dit la vieille maxime.
Et puis, tenez, voisin, j'ai la pensée intime
Qu'en traversant les mers de l'un à l'autre bout,
Vous ne guéririez point votre misanthropie.

    On peut fuir sa patrie
    Et changer de climats ;
    Mais on ne se fuit pas.

La Jument et son Poulain.

Tout auprès d'un hameau,
Dans la verte prairie
Qu'arrose un clair ruisseau,
Une mère jument broutait au bord de l'eau,
Avec son cher poulain, l'herbe fine et fleurie.

— Ah ! que mon fils est beau !
Se disait-elle en son langage.
Oui, mon fils est charmant !
Il embellit ce pâturage.
Dans sa noire prunelle au feu de diamant,
Je découvre déjà sa valeur, son courage !
Pour mon cœur maternel c'est un ravissement,
Un doux enchantement.
Quelle grâce enfantine,
Quand il joue et lutine,
Ou qu'il bondit dans la ravine,
Souple et léger comme un chevreuil.
Mon jouvenceau fait mon orgueil ;
Mais si par sa mutinerie,
Par son étourderie,

Mon bien-aimé, mon innocent,
Tombait un jour sous la cruelle dent
D'un loup plein de furie !...
Ah ! j'en perdrais la vie.
Je veux sans différer avertir l'imprudent.
Ecoute, lui dit-elle, et crois-moi, cher enfant ;
Ecoute la leçon que te donne ta mère :
Ne t'éloigne pas trop, ne sois point téméraire,
Et suis bien mes avis.
Crains l'animal sauvage,
Dont l'œil au jet de flamme étincelle de rage.
De la forêt, il vient jusque dans ces taillis,
Pour guetter et saisir sa victime au passage...
Prends bien garde, mon fils.

Or donc, un loup aimant la bonne chère,
Un loup vorace et sanguinaire,
Se blottit un matin
Au fond du grand ravin
Recouvert de broussaille,
Pour épier notre jeune poulain,
Et lui livrer bataille.

Ce prince des gloutons

Se disait en riant : — j'ai croqué des chapons,
Des canards, des lapins, des poules, des dindons,
  Méprisable canaille.
J'ai gobé des agneaux, avalé des moutons,
  Et même aussi quelques ânons.
Mais aujourd'hui je veux avoir pour ma cuisine
De la chair de poulain, de la chair chevaline.

  Le soir du même jour,
A l'heure où du soleil la lumière empourprée,
  Comme un adieu d'amour,
Jetait ses derniers feux sur toute la contrée ;
Notre mère jument, avec son poulichon,
  Sur le moelleux gazon,
  Au doux repos s'était livrée.

  Tout à coup un oiseau,
  (Sans doute un étourneau,)
Dans son rapide vol effleure un peu l'oreille
  Du gentil jouvenceau
  Qui soudain se réveille ;
Et le gaillard, voyant que sa mère sommeille,
  S'en va furtivement,
  Et fort imprudemment,

Courir au grand ravin de la forêt voisine.
C'est là qu'attend le loup, derrière une aubépine,
Prêt à saisir le fils de la jument.
Mais un pressentiment
A réveillé cette excellente mère :
De près elle a suivi le jeune téméraire,
Ce petit diablotin
Qui par son escapade,
Etait venu tomber de foucade en foucade
Aux dents de l'assassin.
Aussitôt elle accourt, mais hélas! c'est en vain,
Car en frappant le loup de la moindre ruade,
Ne pourrait-elle pas atteindre son poulain ?

Ami de la jument, un chien de grand courage,
Un dogue jeune et beau,
Son voisin au hameau,
Redoutant peu la rage
De l'animal sauvage,
Apparaît, tout à coup,
Se jette avec bravoure à la gorge du loup,
Passé maître en carnage,
Et l'étrangle soudain.

Notre gentil poulain,
Revoyant la lumière,
Rend grâce à son sauveur, l'intrépide doguin ;
Et puis, il court à son heureuse mère,
Jurer foi d'animal de n'être plus mutin.

Le Renard voyageur et son auditoire.

Un fin Renard passé maître voleur,
    Et très-grand ripailleur,
Avait par ses larcins mérité la potence.
    Un jour ce fricoteur,
    Après avoir rempli sa panse,
    Faisait de l'éloquence
Devant tout un public de stupide ignorance.
    Il racontait en vrai hableur,
    En satané menteur,
Les voyages lointains qu'il fit jadis sur terre
    Du Mexique à Moscou,
    De la Chine au Pérou,
De Bornéo jusques en Angleterre ;
    Et puis tous ceux qu'il fit enfin
    De Toulouse à Berlin,
    Et de Grèce en Espagne :
Royaume, disait-il, où règnent les hivers ;
Où naquit Cléopâtre et le roi Charlemagne.
    — J'ai parcouru tout l'univers....
    Excepté l'Allemagne

Et la Grande-Bretagne.
J'ai vu, Messieurs, dans un certain pays,
  J'ai vu des milliers de souris,
  Bien plus grosses que des panthères.
  Je ne mens pas, mes chers confrères.
  Mais le plus drôle à mon avis,
C'était de voir une énorme baleine
  Courir à perdre haleine,
  Sur les quais de Paris.
  Je vais encor, mes bons amis,
Disait notre renard d'un air très-emphatique,
Je vais vous raconter un fait bien authentique,
  Et qui n'est pas un conte bleu.
J'étais à Dusseldorf, au fond de l'Amérique,
Quand j'aperçus de loin, devant un maître feu,
Trois innocents : l'oncle, la tante et le neveu,
Que l'on faisait griller sur la place publique.
  Je monte sur mes grands chevaux,
  Et mets en fuite les bourreaux ;
Puis, d'un seul bond, j'atteins jusqu'à la broche,
  Où rôtissaient nos pauvres dindonneaux,
  Et lestement, je vous les désembroche.
Les auditeurs, par ces doctes récits,
  Furent tout éblouis,

Et se disaient — Quel éloquent langage !
Cer enard à coup sûr descend de haut lignage.
Peut-être est-il issu du grand roi saint Louis.

Un certain bourriquet rempli de suffisance,
    Tout pétri d'ignorance,
    Et grand dissertateur,
    Portant avec sa grosse panse,
Deux oreilles extrà de risible longueur,
    Disait d'un ton déclamateur :
Chapeau bas, chapeau bas, devant cet orateur.
    Son savoir est immense !
Messieurs, cet animal est un puits de science.

Chacun se découvrit, et puis tous ces roussins
Applaudirent en masse et des pieds et des mains.
Notre impudent renard, auprès de tous ces ânes,
    Passa pour grand historien,
    Grand rhétoricien,
    Et pour le roi de tous les crânes.

Devant certain public composé de nigauds,
Parlez avec aplomb, citez à tout propos

Des noms d'auteurs ou sacrés, ou profanes,
On vous prendra pour des bibliomanes,
   Pour des savants, pour des héros.

Que de gens n'ont d'esprit qu'en parlant à des sots.

Le Singe faux Bonze.

Un faux Bonze, un Singe fripon,
Voulant faire fortune,
Disait à son public du haut de sa tribune :
— Messieurs je descends de la lune,
Et viens d'arriver au Japon,
En ballon.

— Sois toujours charitable,
Me disait l'autre jour
Le grand Confucius, au milieu de sa cour,
En dînant à sa table.
Car, ce jour-là, Messieurs les animaux,
J'étais un de ses commensaux.
— Tu vas retourner sur la terre,
Poursuit Confucius,
Et tu pourras, comme mon mandataire,
Guérir tous les mourants, ainsi que les perclus ;
Soigne-les avec zèle,
Et si tu m'obéis en toute humilité,
Dans le courant de la lune nouvelle,

Auprès de moi je te rappelle ;
Et tu seras heureux à toute éternité.

Puis, le Singe montrant à la gente badaude ;
    Uné belle pagode,
  Qu'il prétendait tenir des cieux,
  Disait d'un air sentencieux :
Elle démasquera le trompeur dans sa fraude :
A l'aveugle, sur l'heure, elle rendra les yeux,
Et guérira les maux les plus contagieux.

Le Bonze, en vrai larron, joua si bien son rôle
En faisant manœuvrer et la tête et les bras
    De son dieu de bricole,
Que la foule accourut vers ce nouveau Calchas,
  Pour contempler sa merveilleuse idole...
    Moyennant la pistole !

  Le lendemain, on racontait,
    Puis on amplifiait,
    Les superbes oracles,
    Et les nombreux miracles,
    Que l'idole opérait.

  Le soir, tout à fait à la brune,

De l'affaire du jour, des animaux verbeux,
Causaient, jasaient entre eux,
Par un beau clair de lune.
Les uns étaient couchés, et les autres debout ;
Un importun survint — il s'en trouve partout,
— L'espèce en est commune.
L'intrus n'était qu'un franc vaurien,
Et le digne soutien,
Du Bonze sapajou, hableur par excellence ;
Aussi , comme il avait beaucoup d'expérience,
Il s'adresse au public, et dit avec jactance:
— Écoutez-moi, mais écoutez-moi bien,
Ou sinon je me tais, et vous ne saurez rien.
Or donc, j'ai vu de ma personne...
Devinez-vous ? En cent je vous le donne.
J'ai vu guérir devant mes yeux,
Un muet, un manchot et de plus un boiteux...

— Et moi, reprit d'un air de bonhomie,
Un survenant. Oh ! c'est miraculeux !
Tantôt je me trouvais dans un état affreux ;
J'étais à l'agonie
Et me sentais mourir,
Lorsque l'on m'apporta sur la place publique,

Mille témoins purent m'y voir guérir,
Comme boiteux et comme épileptique.

— Il a guéri ces bras que vous voyez agir,
Dit un autre gaillard, j'étais paralytique ;
Aussi j'ai pour ce Bonze un respect fanatique,
Et mon bonheur serait de pouvoir l'enrichir.

— C'est une bourde on ne peut plus risible,
S'écrie un animal d'un esprit très-sensé ;
Ce que vous contez-là, messieurs, n'est pas possible.

— Monsieur, reprit un des jongleurs vexé,
Pourtant il faudra bien le trouver admissible,
Quand vous verrez un pauvre trépassé,
Devant vos yeux, revenir à la vie.
Le croirez-vous alors ? Répondez, je vous prie ?

— Je n'ai rien à répondre à votre hablerie,
Et qui vivra,
Verra !

L'intrus fait volte-face,
Disant d'un air bonasse,

Aux auditeurs demeurés ébahis :
Avant de quitter cette place,
Souffrez qu'ici, je vous embrasse,
Comme si nous étions déjà de vieux amis.
Le public débonnaire,
Tout ce public de sots,
Docilement se laissa faire,
Par ce plume-nigauds.

A deux jours d'intervalle,
Grâce à nos deux fripons,
Par leur ruse infernale,
Le faux Bonze passa dans tous les environs,
Pour avoir opéré nombre de guérisons.
Aussi sur le lieu de la scène,
Les animaux en clopinant,
Arrivaient par centaine,
Munis de bel et bon argent.
Alors cet hypocrite
Crie à la foule qui s'agite :
— Approchez-tous je guéris au comptant,
Le manchot, le muet, l'aveugle et l'impotent.
Venez, venez, accourez vite,
Je puis redresser les bossus,

Dégrossir les pansus.
Présentez-moi des morts, et je les ressuscite !

A peine achevait-il,
Qu'un maltôtier passablement subtil,
Et retors en affaire,
Amène au sapajou son plus rusé confrère,
En lui disant : — C'est un riche Crésus,
Qui n'entend pas et ne voit plus.
Il veut toucher l'idole ;
Ah ! Monseigneur, daignez combler ses vœux,
En lui rendant les yeux,
Ainsi que la parole.

C'est de cette façon,
Que s'opéra la guérison.
Et les témoins ravis, la croyant authentique,
Elèvent jusqu'au ciel le Bonze satanique.
Aussitôt, un renard, maître en duplicité,
Vint déposer avec solennité,
Au pied de la tribune,
Un sac plein de pécune,
En disant : — Ces écus
Vous sont donnés par le Crésus.

4

Les borgnes, les gobins et ceux à jambes torses,
Tout ce public d'oisons,
Se laissa prendre aux hameçons
Que cachaient les amorces.
Mais cet argent
Etait tout simplement,
Le trésor de la bande,
Et non pas une offrande.

Le Bonze à l'œil audacieux,
En palpant les écus du peuple bénévole,
Qu'il fascine et qu'il vole,
Dit aux poussifs, aveugles et boiteux :
— Vous pouvez à présent venir toucher l'idole.
Ce qui va s'opérer sera miraculeux !....
Si vous avez la foi, si vous êtes pieux.

Comment ?.... plus de miracle !
D'où peut venir l'obstacle?
Je vais, Messieurs les animaux,
Et sur vos qualités et sur tous vos défauts
Consulter mon oracle.
Alors il fléchit les genoux,
Se penche vers l'idole ;

A l'air de l'écouter, et reprend la parole :
Hélas ! — ma pagode en courroux,
Me déclare et me jure,
Que sa grandeur, que sa divinité,
Ne veut plus aujourd'hui faire une seule cure,
En faveur d'animaux pleins de perversité,
Qui vivent tous dans l'imposture,
Et dans l'iniquité.
Cependant aux remords parfois elle pardonne.
Pécheurs, il faut passer la nuit en oraison,
Et demain, en personne,
Dès que l'aube du jour blanchira l'horizon,
Vous viendrez tous prier sur ce gazon.
Voilà ce qu'elle ordonne.

Ainsi donc, à demain.
Jusqu'au matin,
Que chacun prie,
Et s'humilie.
Ayez la foi ;
Croyez en moi,
En mon idole,
Pour vous guérir j'ai sa parole;
Elle fait loi.

Notre Bonze imposteur leur dore la pilule,
En empochant tout le pécule.
Et puis après, quand vint la nuit,
Toute la bande,
En contrebande,
File et s'enfuit.

Cette turlupinade,
Mauvaise pasquinade,
Ailleurs poursuit son cours,
Et tous les jours,
Avec outrance,
Se recommence,
Par les mêmes truands,
Qui prophétisent,
A tous venants,
Et dévalisent
Les écoutants.

Après avoir acquis une fort belle aisance,
Tous ces jongleurs,
— Vrai gibier de potence, —
Se donnent pour Nababs, affichent l'opulence,
Et font partout les grands seigneurs.

On assure, on prétend, que même comédie,
Dans les lettres, les arts, surtout dans l'industrie,
Se joue également chez nous autres humains,
    Par une dynastie
    De milliers d'aigrefins.

Le Lapin et le Cheval.

Dans un riant vallon paré de mille fleurs,
Couronné par des bois aux sites enchanteurs,
Vivaient deux animaux d'espèces différentes :
L'un était un lapin aux manières charmantes,
A la robe d'hermine, au regard vif et doux ;
Mais, un peu sur sa bouche, il préférait aux choux,
Le thym, le serpolet, les herbes odorantes.

L'autre était un cheval aux allures tranchantes,
    Un superbe Andaloux,
  Les yeux ardents, les narines fumantes,
Violent, ombrageux, mauvais cœur et jaloux.

  Un frais bocage, une verte prairie,
Fournissaient amplement à nos deux animaux,
    Ainsi qu'à des agneaux,
De quoi brouter l'herbe fine et fleurie.
   Un jour l'Andaloux arrogant,
    Orgueilleux et fringant,
    Eut une fantaisie ;
Ce fut de convier toute sa confrérie,

A venir prendre ses ébats
Et faire un excellent repas,
Dans un bon pâturage,
Pour bien fêter le mardi gras.

Mais, quand Jeannot lapin vit son pauvre bocage,
Ravagé, mis à sac par la horde sauvage
    Qui d'un seul bond vint l'envahir ;
        A cet affreux tapage,
Il courut, plein d'effroi, dans son trou se blottir,
Et de toute la nuit il ne put s'endormir.
Vers le milieu du jour, lorsqu'il fallut sortir
    De son terrier, de sa cachette obscure,
Afin de se pourvoir d'un peu de nourriture,
        Notre pauvre lapin
        Ne trouva plus ni thym,
    Ni serpolet, ni romarin,
    Pas même, hélas ! un reste de verdure.

        L'infortuné, dans son juste courroux,
            Alla porter sa plainte
Chez le juge du lieu, frère de l'Andaloux,
Et Messieurs les chevaux, étant sûrs d'être absous
Devant ce tribunal, comparurent sans crainte.

Le demandeur fut débouté,
Et même on prit un arrêté
Par lequel la justice,
Sommait le plus pervers de tous les chenapans,
Maître Jeannot lapin, le vrai type du vice,
Inscrit sur les dossiers de la haute police,
De payer tous les frais, ainsi que les dépens.
De plus le condamnait à l'exil pour cinq ans,
Avec sa femme et ses enfants,
Même ceux en nourrice.

Vers le soir, deux recors vinrent à son hôtel,
Ainsi que Paul Furet, huissier en exercice,
Pour faire exécuter cet arrêt solennel
Et sans appel.

Si l'on vous accusait de quelque vol infâme,
— A dit un magistrat d'illustre souvenir, —
D'avoir escamoté les tours de Notre-Dame,
Le meilleur, le plus sûr, serait de déguerpir.

L'Ane professeur.

Un âne mal léché, Martin porte-farine,
    Le doyen des grisons,
N'ayant pas un seul poil le long de son échine,
Prétendait enseigner à de jeunes oisons
    La langue grecque et la langue latine,
    En cinq ou six leçons.

Messieurs, leur disait-il ; si j'ai tant d'éloquence,
    C'est que dans mon enfance
    Je fus le serviteur
    D'un illustre docteur,
    Très-savant professeur,
Auquel j'escamotai son esprit, sa science.

    L'an dernier, mes amis,
    Je professais dans un fort beau pays
    Que l'on nomme Paris ;
De partout à mon cours on arrivait en masse
    Pour m'entendre et me voir ;
Et ce zélé public, du matin jusqu'au soir,
Venait faire la queue afin de trouver place.

Mais un maudit poëte, effronté, plein d'audace,
Jaloux de mon savoir,
Jaloux de cette queue, a fait fermer ma classe !

A peine achevait-il cet éloquent discours,
Devant servir de préface à son cours,
Qu'un sapajou, singe des plus perfides,
Démasqua le baudet à ces oisons candides,
Disant : — Ce professeur de grec et de latin,
Messieurs, n'est autre qu'un roussin,
Le sot porte-farine
Du bonhomme Robin.

Il est plus d'un Martin
Professeur de doctrine,
Que l'on pourrait ainsi renvoyer au moulin.

Les Ramiers. le Vautour et l'Aigle.

Un Ramier gracieux, à la robe charmante,
  Soyeuse, chatoyante,
  Aimable jouvencel,
A demi-voix courtisait son amante
  Sous l'azur d'un beau ciel.
Brûlant d'amour, comme on l'est au jeune âge,
Il promettait de n'être point volage.
  Et tout son cœur
  Frémissait de bonheur
  Sous son divin plumage.

Un ignoble Vautour, planant au haut des cieux,
Aperçut nos pigeons dans ce doux tête-à-tête.
Aussi prompt que l'éclair, sur ce couple amoureux
  A l'instant il se jette.
Mais comme il l'enlevait, on vit du firmament
Un bel Aigle s'abattre impétueusement
Sur ce lâche Vautour, cruel et sanguinaire.
  Aussitôt il l'enserre,
Pour sauver nos pigeons. Puis triomphalement
Emporte l'assassin au faîte de son aire.

Buffon écrit que l'Aigle et le Lion,
Ces deux rois des déserts, nobles et magnanimes,
Ne firent jamais leurs victimes
Du petit quadrupède, ou du frêle oisillon.
Mais il nous dit en opposition,
Que le Vautour, est vil et sans courage,
Que ce lâche animal,
Se plaît dans le carnage
Comme le Tigre et le Chacal.

De notre humanité je retrace l'image.
Pour un Aigle royal
Que d'infâmes Vautours dans l'état social !

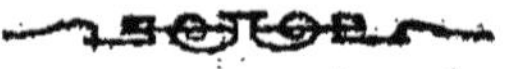

Le vieux Renard et son Fils.

Pour avoir beaucoup trop aimé la bonne chère
    Et festoyé le cotillon,
Un vieux Renard goutteux, cloué dans sa tanière,
  Soir et matin, sermonnait son garçon
    Sur sa conduite irrégulière
    Et sur son appétit glouton.

— Mais cher papa, que vous disait grand-père,
    Quand vous couriez le guilledou,
    Que vous alliez tordant le cou,
       Et par dizaine,
       Et par centaine,
     Aux poules, aux poussins,
     Aux canards, aux lapins,
    Pour réjouir votre bedaine ?
Il devait, j'en suis sûr, vous chanter même antienne,
Car alors, comme moi, vous étiez vigoureux,
Vous aviez bonne dent, vous étiez amoureux ;
    En tout je vous imite,
   Lui dit ce fils d'un air malicieux ;
    Et quand je serai vieux
Comme vous, cher papa, j'entends me faire ermite.

Le Vautour.

Un Vautour des plus couards,
Dont le corps mal bâti donne sujet à rire,
Mais qui se croit un très-illustre sire
Dans les lettres et dans les arts,
Fit tout à coup une belle fortune.

— Maître croûton, d'où te vient ta pécune ?
Demande un des malins vieillards,
Parmi les cornillards ;
Toi, misérable parasite,
Qui n'as jamais gagné deux mauvais rouges liards.

Il la reçut, s'écrie un des oiseaux d'élite,
Par testament,
D'une vieille beauté morte dernièrement,
A qui secrètement
Cet ignoble hypocrite,
Avait physiquement
Démontré son mérite.

LE COQ SOUVERAIN.

— Me voilà ! Me voilà ! je réponds à l'appel,
C'est moi, mes chers amis, qui suis la République.

Le Coq souverain.

Chez son royal parent de nature tranquille,
Vivait un certain Coq, qui tenait du Vautour,
  Très-fin matois, et rusé fort habile,
Un esprit infernal, conspirant à la ville,
    Conspirant à la cour.

Sourdement, en secret, les têtes se montèrent.
Les vaches, les chevaux, les ânes s'en mêlèrent,
Les poules, les lapins, les canards, les dindons,
    Et même les oisons,
  Subitement se mutinèrent.

    Un jour ! jour solennel,
A chaque coin de rue on battait le rappel.
Et c'était un tapage, un tumulte, un vacarme,
Qui répandait partout la tristesse et l'alarme.

    On sonne le tocsin !
    De toute part, soudain,

Chaque animal accourt avec son arme,
Pour combattre son souverain,
Des rois le plus bénin.

On vit alors sortir de leurs tanières,
Des gaillards, des lurons à mines carnassières,
Des tigres, des renards, des loups, des sangliers,
Qui venaient, disaient-ils, pour cueillir des lauriers.

Au fracas du tambour, au son de la trompette,
Tous ces particuliers
Croisent la baïonnette,
Marchent résolûment,
Se battent crânement,
Et font enfin le diable à quatre.

Sire Coq, de fort loin, les regardait combattre,
Mais ne se battait pas...
C'est bon pour des goujats !
Or, les susdits goujats (c'est écrit dans l'histoire),
Remportent la victoire,
En beuglant et braillant : — Vive la liberté !
Vive l'égalité !
A bas la royauté !

— Eh ! quoi, serait-il vrai que l'ire populaire
Détruisît sans retour l'objet de tous mes vœux ?
Disait messire Coq, hérissé de colère,
En voyant s'engloutir le trône sous ses yeux.

Il attend... et bientôt une meute anarchique,
    Surgit du quartier Saint-Marcel,
Hurlant à pleine voix : — Vive la République ;
Le Coq paraît, et dit en madré politique,
    En vrai Machiavel :
— Me voilà ! me voilà ! Je réponds à l'appel.
C'est moi, mes chers amis, qui suis la république.
— C'est bien son nom, s'écrie un grand seigneur,
    Illustre radoteur,
    Lui donnant la réplique.

Un autre répartit : — Ce Coq est un farceur
    Qui vise à la couronne ;
    Un satané hableur,
    Des bords de la Garonne ;
    Un patelin,
    Moitié figue, moitié raisin,
    Sachant payer d'audace,
    Et qui du vieux cousin,

Voudrait prendre la place.
Sers-lui bien vite d'escabeau,
Pour qu'il s'empare du gâteau,
Peuple d'oisons, peuple bonasse !
Jette-là tes lauriers, et reprends ta besace.

Le quadrupède forestier,
Qui parlait de la sorte,
C'était un sanglier,
Le chef d'une cohorte.

Il fut très-applaudi, bafoué tour à tour,
Quand survint un compère, un familier de cour,
Un oiseau qui s'écrie en fendant cette houle :

— Le peuple, pour vous dénicher
Court partout, sire Coq ; il se presse, il se foule,
Et sur le trône il voudrait vous jucher,
C'est un cri général, c'est le vœu de la foule.

On entendit alors,
Les Dindons, les Butors,
La Buse, l'Etourneau, surtout le Gobe-Mouche,
Applaudir à fureur,

Ce subtil orateur,
Plus grand prestidigitateur,
Que Mandrin et Cartouche.

Maître Coq, leste et prompt,
Saisit la balle au bond,
Enserre la couronne,
La place sur son front,
Et soudain se percha sur les débris du trône,
Abattu, relevé, par des fous et des sots.
Puis on mit à la porte un peuple de héros,
A l'unanimité reconnu punissable ;
Et tous les loups-cerviers se votèrent entre eux,
Des places, et des croix, un budget monstrueux,
Et grand nombre d'impôts pour le contribuable.

Le dernier interlocuteur,
L'oiseau si futé, si blagueur,
Sans égal en jactance,
En patache venu des bords de la Durance,
Etait un perroquet,
Tout petit, tout fluet,
N'ayant ni sou, ni maille,
Pas plus gros qu'une caille,

Mais qui depuis, s'est bien grandi par son caquet.

Les gentes quadrupède et volatile,
Le choyaient tour à tour.
Le nouveau roi l'invitait à sa cour!
Pour le voir, l'écouter, chacun prenait la file ;
Devant lui les oisons étaient tout radieux.
Et pour le bien entendre écarquillaient les yeux.
Le linot, le serin, vantaient avec ivresse
Son esprit, sa hardiesse,
Et son air belliqueux.
Un pauvre Gobe-mouche,
Un vrai chauffe-la-couche,
Disait d'un air très-solennel :
— C'est un oiseau célestiel,
Qui nous est arrivé sur un rayon du Ciel !

Dans le palais du docte aréopage,
Où s'assemblent tous les élus,
— Le palais des ventrus, —
On entendit alors, Monsieur le doyen d'âge,
Le plus vieux des Corbeaux,
Qui s'exprima dans ce langage :

Chacun vota pour un certain Renard.

— Messieurs les animaux,
Bipèdes
Et quadrupèdes,
Nous allons, à l'instant,
Élire un président,
Pour diriger la chambre.
Choisissez parmi vous le plus illustre membre,
Qui soit un animal savant,
Sur le droit, le contrôle
Et sur le protocole.

C'est bien ! dit-on de toute part ;
Procédons sans retard.

Chacun vota pour un certain renard,
Qui savait dextrement manier la parole ;
C'était un magistrat connaissant son métier,
Rempli de tact et de finesse,
Jugeant avec sagesse,
Quoiqu'il aimât beaucoup à vous contrarier :
Il était tracassier.
Dans sa critique il emportait la pièce ;
Il avait le boutoir, la dent du sanglier.

Bientôt l'ambition, surtout la perfidie,
Répandirent la zizanie,
Entre tous les grands-ducs,
(Ministres probes, mais caducs)
Et parmi les corbeaux de l'avocasserie,
Que divisaient encor,
L'orgueil, la félonie,
Mais plus souvent la soif de l'or.

Un illustre Gros-Bec d'un noble caractère,
Animal très-austère,
Ministre président,
Protestant
Hautement,
Du plus complet dévoûment
Pour son souverain maître,
Se prit de bec,
Avec
Caquet bon bec,
Qui vous l'envoya paître.
Et ce trotte-menu,
A force et d'intrigue et d'audace,
A la première place
Fut bientôt parvenu.

Un illustre Gros-Bec d'un noble caractère.

Si bien, que sire Coq le fit premier ministre ;
Puis, le peuple malin et goguenard, dit :—Fistre!
Devenir de l'Etat le premier gouvernant!
Ce petit perroquet, loquace, impertinent,
       Diriger les affaires
          Etrangères!....
— C'est par trop fort! s'écrie un franc parleur,
Du petit animal, j'ai pesé la valeur.
Il est pétri d'orgueil, et de plus un faux frère,
       Un oiseau de malheur,
        Qui vendrait père et mère.

      Bientôt tout alla de travers.
    Le souverain, l'esprit fort à l'envers,
Disait ; — Cet animal, par son étourderie,
      Ce petit boute-feu,
        Avant peu
      Perdra la monarchie.
    De l'aigle corse il prône la valeur.
    C'est un désorganisateur
ui m'a fait envoyer mon fils à Sainte-Hélène,
      Pour que l'aigle en revienne.
Il se croit un Aiglon ! peut-être le parent,
      De l'oiseau conquérant.

Je dois faire justice,
De ce criquet plein d'artifice.
Chassons-le du pouvoir;
Rappelons le Gros-Bec auprès de mon juchoi r!
Le perroquet déchu, de retour au perchoir,
Dans sa colère hérissant ses plumettes,
Ecrit aux rédacteurs de toutes les gazettes :
— Messieurs, je viens faire un appel
Universel,
A tous les écrivains, généraux et poëtes,
Qui pourraient me donner des documents écrits,
Des manuscrits,
Pour consacrer l'histoire,
De notre vieille gloire.

— N'ayant vu d'autre feu que celui du foyer,
Je pourrais bien me fourvoyer,
Se dit l'oiseau; ne faire rien qui vaille,
Car je suis ignorant dans l'art de guerroyer.
Comment décrire une bataille,
Les effets du canon, celui de la mitraille,
La valeur des soldats défendant leurs drapeaux,
Le siége d'une ville,
Ou même une flottille

Si bien que sire Coq le fit premier Ministre.

Combattant sur les eaux,
Si je n'ai pas de bons matériaux ?
Avec ces manuscrits, j'enfonce mes rivaux,
Surtout un petit volatile,
Le plus microscopique des oiseaux.
Ce n'est pas que je craigne
Le pauvre historien qui fit dix ans de règne,
Malgré son latin et son grec,
Disait cet animal, tout en faisant beau bec.
Et pourtant on assure
Que l'oiseau *Mignature*
Empêchait de dormir le petit perroquet
Et son esprit follet.

Derechef on voulut abattre la couronne,
Et le coq paraissait chanceler sur son trône.
Tous les républicains, comptant sur le succès,
Invitent les oisons et tous les bourriquets,
A venir en colonne,
Au nom de leur patronne,
Pour assister à l'un des plus fameux banquets,
Festival homérique,
Dont le but politique
Etait de proclamer la sainte République.

A cet appel, des milliers de benêts,
S'armant de sabres, de mousquets,
Groupent leurs bataillons sur la place publique.
Alors soudain,
Un lion africain,
Le cœur plein de courage,
Respectable par l'âge,
Un des braves guerriers,
Courbés sous les lauriers,
S'adresse au roi dans ce langage :

— Sire, depuis longtemps,
Des ex-ministres mécontents,
Des députés, que vous croyez fidèles,
Ne sont que des sujets anarchistes, rebelles,
Qui voudraient gouverner en rois,
En usurpant vos droits.
C'est une guerre ouverte !
Le peuple se concerte.....
C'est pour vous détrôner.
Sire, j'ambitionne
L'ordre de dégaîner,
Pour défendre votre couronne.

Mais, sire Coq dans ce péril,
  Perdit la tête,
  Baissa la crête ;
 Et puis, sans tambour ni trompette,
Comme son vieux parent, fut mourir en exil.

On vit encor sortir de dessous terre,
  Le loup, le tigre, la panthère,
  Le sanglier, le léopard,
   L'œil hagard,
  Rugissant de colère,
Ils couraient au palais pour détrôner le roi.
On entendit au loin le sinistre beffroi,
 Avec les cris des vautours, des corneilles,
 Qui résonnaient à toutes les oreilles,
  Et répandaient partout l'effroi.

  Au milieu du carnage,
  Dans le fort du combat,
A l'endroit dangereux où le bétail se bat
  Tout bouillonnant de rage,
  On entendit soudain,
  La voix, le chant divin,
 D'un animal dont le langage,

Et le courage,
Arrêtent la fureur des combattants fougueux.
L'amour de la patrie étincelle en ses yeux ;
Le souffle qui l'anime,
Son air majestueux,
Chez certains animaux font avorter le crime.
Les loups, les ours, les tigres rugissants,
Subissent l'influence
De ses regards, de ses accents,
Et ne font plus aucune résistance.

De l'aigle impérial,
— Cet aigle sans rival
Mort loin de la patrie, —
Il restait un aiglon,
Que tous ses ennemis disaient être un oison.
C'était pure ânerie,
De la part des nigauds qui lui donnaient ce nom.
Mais chose unique,
Il fit la nique
Au perroquet bavard,
A son confrère le renard ;
Aux publicistes
Les plus hargneux,

Aux anarchistes
Les plus fougueux.
Le deux décembre
Il clôt la chambre,
Qui fort souvent
Lui fut rebelle,
Et réduit le méchant
Au néant...
D'un seul coup de son aile.

Les deux Louveteaux.

Deux jeunes louveteaux à l'instinct sanguinaire,
Voleurs de grands chemins : deux bien idgnes amis !
   Faisant un jour l'école buissonnière,
Surprirent tout à coup, dans le fond d'un taillis,
     Une pauvre brebis
     Qui s'était égarée.
   Sur l'heure elle fut éventrée !
Jusque-là ces messieurs paraissaient très-unis,
Et de leur beau fait d'arme ils étaient tout ravis.
Mais alors qu'il fallut partager la curée,
On les vit s'attaquer avec acharnement,
Et s'entre-déchirer si belliqueusement,
    Dans leur rage effrénée,
Qu'ils vinrent tous les deux mourir fatalement
Non loin de la brebis par eux assassinée.

    Fortune mal gagnée
    Profite rarement.

La Poule et le Coq.

Dans l'âge où le plaisir
Nous fait tourner la tête,
Une blonde poulette
Un petit brin lutine et tant soit peu coquette,
Mais aimable à ravir,
De son regard incendiaire
Embrasa pour jamais le cœur d'un dignitaire,
D'un prince coq, ayant place à la cour,
Qui fut pour elle tout amour.
A poulette il sut plaire;
Et blondine, en retour,
Devint son ange tutélaire.

Les deux Chiens.

Connu par sa vaillance,
Médor est un bon chien qui dirige un troupeau
Fort nombreux et très-beau.
Toujours en surveillance,
Il garde ses moutons avec dextérité
Et perspicacité,
Mais plus souvent avec prudence.
Fameux par maints combats,
Rien ne lui fait ombrage,
Les loups ne lui résistent pas,
Ayant éprouvé son courage.
Au moindre bruit il est debout,
On le trouve partout
Alerte sentinelle.
Et la nuit même il ne dort que d'un œil,
Mettant tout son orgueil
A garder ses moutons comme un ami fidèle.
Aussi Médor
Vaut-il son pesant d'or.

Vers le déclin du jour, un chien de triste mine,
Pratiquant la rapine,

Errait en vagabond qui n'a ni feu,
Ni lieu.
Pressé par la famine,
Ce chien peu délicat,
Réduit au plus piteux état,
S'approche de Médor, et cherchant à lui plaire,
Lui dit d'un ton doux et calin ;
— Très-honoré confrère,
Ayez pitié d'un pauvre hère
Prêt à mourir de faim
Et de chagrin.
Ah ! je vous en supplie,
Daignez sauver ma vie ;
Mon bon seigneur,
Secourez-moi dans mon malheur.

— Tu n'as donc pas de maître ?
— Dans le canton qui m'a vu naître,
L'autre jour je le vis déposer au tombeau ;
Et mes deux pauvres yeux se fondirent en eau.
— Voyons, puisque tu sollicite
Pour avoir à manger et pour avoir un gite,
Je pourrais, mon garçon, te conduire au hameau,
Si tu savais diriger un troupeau.

— Non comme vous sans doute;
Mais je le garde bien et le loup me redoute.
—Comment t'appelles-tu?—Je me nomme César.
— Si je puis te servir près du patron Gaspar,
Compte sur moi. Je saurai bien lui dire,
Afin de mieux te protéger,
Que pour tout diriger
Un seul gardien ne peut suffire.
Ami, c'est le cœur qui m'inspire.

Le même jour César fut accepté.
Médor en fit son camarade,
Lui donna l'accolade
Avec fraternité.

— Que le ciel me punisse
Si jamais j'oubliais cet éminent service,
Lui dit très-humblement,
D'un air d'épanchement,
Cet animal pétri de vice,
Dont le langage est tout sucre et tout miel,
Et le cœur plein de fiel.
Ce maraudeur d'atroce caractère
N'est qu'un affreux cerbère;

Et tout le bien que l'on dit du prochain,
Excite la colère
Dans son cœur inhumain.

Comme dans le village,
Chacun vantait les talents, le courage
Du beau Médor, ce pourchasseur de loups,
Bientôt César en devint si jaloux,
Que dans le fond de son âme sauvage
Germa, contre son compagnon,
Un noir projet d'infâme trahison.
Ce mauvais chien, tout artifice,
Découvrant dans le cœur de son digne patron
Le ver rongeur de l'avarice,
Il se dit en secret : — J'exploiterai le vice
Du cupide barbon ;
Et ce vieux grippe-sou deviendra mon complice.

Un jour César,
Voyant maître Gaspar
Qui se frotte les yeux, qui bâille et se réveille,
Après avoir ronflé par modulations
A triples carillons,
S'en approche, et lui dit dans le creux de l'oreille :

— Maître, j'ai fait bien des réflexions.
Prenant toujours vos intérêts quand même,
Et voulant vous prouver à quel point je vous aime,
Je vais parler à cœur ouvert :
Voici ce que j'ai découvert.
Médor se plaint, mange beaucoup et grogne.
Les temps sont durs pour nous garder tous deux.
Nous sommes vigoureux,
Jeunes et courageux ;
Un seul pourrait vous faire la besogne.
Vendez ou Médor ou César
Au père Balizar,
Votre voisin de terre.
Il a perdu son vieux Pluton,
Et puisqu'on dit que l'or n'est pas une chimère,
Faites-lui livraison
D'un de nous deux, et je l'espère,
Vous en aurez argent mignon.
Mais cependant qu'il me serait pénible
De quitter ce troupeau, d'être éloigné de vous,
D'un patron aussi doux.
Ah ! ce serait cruel pour mon âme sensible !
Oh ! non, j'y réfléchis ; la chose est impossible.
Je le dis sans détours, et c'est pour votre bien,

Médor vaut plus que moi. C'est un superbe chien.
Je sais que Balisar l'aimerait pour gardien.
Il vous en donnerait une fameuse somme.
On dit que le bonhomme
Nage dans l'or et dans l'argent,
Et de vous l'acheter, certe il serait content.
J'ai de l'ardeur et du courage,
Et puis suffire à tout. Je réponds de l'ouvrage.
Vendez Médor.
Je le répète encor,
Ce marché tournera tout à votre avantage.

— Il a vraiment raison,
Se dit maître Harpagon.
Je vais sur l'heure
A la demeure
De Balizar pour lui vendre mon chien,
Qu'il me paîra fort bien,
Car sans cesse il le vante.
Et Gaspar ne fut pas trompé dans son attente.

Compère Balizar appréciant Médor,
L'acquit au poids de l'or,
En se disant tout bas : — Cette affaire m'enchante !

Gaspar n'est qu'un butor,
Puisqu'il vend son trésor.
De son côté, l'avare,
En palpant ses écus
Et sifflotant une fanfare,
Se riait du Crésus,
Qui, selon lui, faisait une folie,
Ou bien plutôt une ânerie.
Puis, tous les deux,
Le cœur joyeux,
Au cabaret s'en furent boire
En signe de victoire.

Médor change donc de logis,
Comme il change de maître.
Plus tard vous le verrez de nouveau reparaître,
Puisqu'il reste dans le pays.

César est triomphant, et l'orgueil le domine.
L'excès de son bonheur,
Dans sa large poitrine
Fait palpiter son cœur.
Le voilà dignitaire !
Presque propriétaire,

Étant seul désormais le gardien du troupeau.
Mais souvent les moutons ont la tête légère,
    Aussi César pliait sous le fardeau
Et regrettait déjà son illustre confrère,
        Quand un matin, subitement,
            Il vit distinctement,
                Sur la limite
        Des prés que son patron habite,
                Un loup !
        La peur le saisit tout à coup.
            Mais reprenant courage,
César se dit : — Faisons tête à l'orage.
        Je dois vaincre ou mourir !
        Bien qu'il soit prêt à défaillir,
            Cependant il s'élance
Vers l'animal qu'à l'instant il fait fuir.
César fit ce jour-là fort bonne contenance.
Mais le surlendemain il manquait au troupeau :
                Un chevreau,
                Un agneau...
Gaspar est furieux ! il fulmine, il tempête,
    Contre César qu'il appelle poltron,
Et qu'il sermonne à grands coups de bâton.

Dès lors la pauvre bête
N'eut plus aucun repos,
Et maigrit à ce point qu'on voyait tous ses os
Dessiner son squelette.

Or, l'autre soir, en rentrant ses brebis,
De nouveau le berger les compte
Et les recompte ;
De plus en plus il avait du mécompte.
C'est que les loups avaient reçu l'avis
Que le fameux Médor, ce chien d'expérience,
N'en avait plus la surveillance,
Et César étant loin de les épouvanter,
Sans crainte ces messieurs venaient le peloter,
Le filouter,
Et même en sa présence
En le narguant faire bombance.

Près d'un taillis où le troupeau passait,
Dans le creux d'un chemin un gros loup apparaît !
César plein de dépit, tout écumant de rage,
S'élance avec courage
Sur l'ennemi qui se défend fort mal.
Quad un vieux loup surgit comme une bombe

Et terrasse César !... En ce moment fatal,
C'est alors qu'il se dit : — Hélas ! si je succombe,
   M'étant privé de ton appui,
Médor, vaillant Médor, si je meurs aujourd'hui,
C'est bien ma trahison qui me met dans la tombe.

Le généreux Médor, ce chien si fraternel,
   Sur qui César distilla tout son fiel,
Ayant vu de fort loin s terrible agonie,
Arrive en bondissant, comme un lion combat,
    Et punit cet ingrat
    En lui sauvant la vie.

Le Baudet et le Singe.

Un baudet vaniteux, sans pareil en laideur,
Lorgnait depuis longtemps, avec un œil d'envie,
Un sapajou, grand maître voltigeur,
Prince en bouffonnerie.

Ce singe baladin,
Impayable lutin,
Un matin,
Voulant par facétie,
Faire le beau
Et divertir la noble compagnie,
Fort lestement sautait au travers d'un cerceau ;
Et, d'une main agitant un drapeau,
De l'autre il ôtait son chapeau
Pour saluer toute la galerie.

Notre roussin le voyant un beau jour
Parader et danser au son de la musette,
Dans un grand carrefour,
S'en approche et demande en risquant la courbette,

Ainsi qu'un doigt de cour,
S'il voudrait bien lui montrer quelque tour,
Culbute ou pirouette?
Immédiatement maître Gilles s'y prête,
Mais il riait sous cape en voyant ce nigaud,
Ce lourdaud,
Avec sa grosse panse,
Cet énorme bedon
Gonflé comme un ballon,
Avoir l'outrecuidance
D'essayer la voltige et d'apprendre la danse.

Dès que l'on vit ce pauvre Aliboron
Se trémousser et faire le mignon
En prenant sa leçon,
Un rire général vint gagner l'assistance.
Puis, ce croque-chardon,
Cette orgueilleuse bête,
En commençant un rigodon,
Se fracassa l'échine et se brisa la tête.

Entre notre humaine espèce, il est plus d'un Midas
Dans les arts, la science, ou bien dans la chicane,

Qui comptent devenir des Séguier, des Albane,
Des Raphaël, des Phidias,
Ou des Aristophane.
Mais à leur premier pas,
Perdant la tramontane
Ils se cassent le nez comme le fit notre âne.

Le Goujon, le Brocheton et le Brochet

Dans le remous d'une onde claire,
Un goujon frétillait,
Tournillait,
Faisant des sauts en avant, en arrière,
Quand un jeune brochet qui lorgnait ses ébats
Lui dit : — Goujon, mon petit gas,
Mon aimable compère,
Tu n'échapperas pas
A ma dent meurtrière,
Tu vas filer par mon gosier ;
Et rira bien qui rira le dernier.
Soudain, comme un trait il s'élance
Le bec ouvert, quand surgit tout dispos
Pour se remplir la panse
Un énorme brochet qui lui tint ce propos :
— Tu dois être puni de ton outrecuidance,
Pour toi, faquin, pas de clémence.
Goujon
Et brocheton
Perdirent l'existence,

Car ce bandit malencontreux
Les goba tous les deux.
Hélas ! sur cette terre,
On voit souvent
Le faible ou l'innocent
Secouru, protégé de la même manière.

Le Paon, Peintre et Poëte.

Un Paon, gros matador bouffi de vanité,
Pour illustrer sa race,
De Raphaël voulut suivre la trace
Et d'un seul bond grimper à l'immortalité.
Eh ! pourquoi pas en vérité ?
Ne voit-on point sur la machine ronde,
Dans ce pauvre bas monde,
Plus d'un âne opulent,
Etre considéré comme artiste excellent?

Dans un vaste atelier, où s'apprend la peinture,
Qu'animent le travail, les bons mots, la gaîté,
Notre paon vaniteux, peignant d'après nature,
Se carre et se pavane en sa riche parure
Avec orgueil, avec solennité.
Un jour, en affectant beaucoup de modestie,
Il vint dire au Castor, son plus proche voisin :
— Regardez mon tableau ; jugez de son dessin,
De sa couleur et de son harmonie.
Parlez sans fard ;

Je n'aime pas la flatterie.
— Ce sentiment je l'apprécie,
Et moi, qui ne suis ni cafard,
Ni goguenard,
Je vous dirai sans argutie,
Que dans vos chairs il faut plus de douceur,
De charme, de fraîcheur.
Quant à votre dessin, il manque de souplesse,
De grâce, de noblesse ;
Et puis... — Alors, mon œuvre est sans valeur !

— Ne croyez pas un mot de ce que vient vous dire
Cet envieux Castor,
Reprend un des Vautours, grimaçant un sourire.
Il jalouse votre or,
Et je crois plus encor,
Cette royale aigrette,
Couronnant votre tête ;
Le signe distinctif du peintre et du poëte.
Et puis ce plumage divin,
Brillant comme un écrin,
Le trouble, l'inquiète,
Lui cause un vrai chagrin.
Mais, du reste, apprenez qu'ici, dans cette école,

J'entendais l'autre jour
Vanter sans nul détour,
Par l'âne, le dindon, le pingouin et l'autour,
Votre noble talent, dont ce bétail raffole.

— Dès lors, mon cher, ne perdez pas de temps ;
Conviez, de ma part, ces animaux savants,
Capables, comme vous, de juger ma peinture
Et ma littérature,
A venir faire un copieux festin,
Pour y sabler le meilleur vin,
Et pour trinquer à ma gloire future.
Tous les Vautours, les Singes, les Renards,
Ces animaux pillards,
Et goguenards,
Ne demandant que plaie et bosse,
Vinrent au rendez-vous faire joyeuse noce,
Aux frais du matador, cultivant les beaux-arts.
On servit le repas en bonne victuaille ;
Il était composé de gibier, de volaille,
De truffes, de poissons et d'autres mets divers,
Venus des quatre coins de ce vaste univers.
Maître Vautour chanta, tout en faisant ripaille,
Un air de basse-taille ;

Et le Paon lut ses vers,
Qu'applaudirent en chœur ces animaux pervers,
Puis, l'ignoble Vautour, crasseux et ridicule,
Possédant sur son dos un petit monticule,
L'attribut des gobins,
Ce roi des patelins,
Prince des pique-assiette,
Dit à l'amphitryon sur la fin du repas,
En s'inclinant bien bas :
Vous voyez, Monseigneur, je roule ma serviette,
Pour nos futurs galas.

Flatté d'un tel hommage,
Sire Paon fait la roue, étale son plumage
Aux orbes radieux,
Pour éblouir les yeux,
Et dit le cœur joyeux :
— Je suis dans l'allégresse.
Ah ! pour moi quel beau jour !
Ah ! pour moi quelle ivresse !
Je veux encor, mon cher Monsieur Vautour,
Aux frères Provençaux, chez Véry, chez Véfour,
Avec ces vrais amis nous réunir sans cesse.

Un jeune Coq, de très-bonne maison,
    Ayant du cœur, de la raison,
      De la droiture,
Et de tout l'atelier le plus fort en peinture,
Prévient messire Paon, d'un air très-amical,
Qu'un infâme Vautour contrefait, déloyal,
     Un oiseau de rapine,
    Sournoisement le pateline,
     Pour l'embobeliner,
     Et puis le rançonner.
Méfiez-vous, dit-il, je viens vous mettre en garde.
Du haut de sa grandeur notre Paon le regarde,
Dépose sa palette, ainsi que ses pinceaux,
    Et crispant ses ergots,
Lui répond : — Maître Coq, assez de causerie ;
    C'est une calomnie !
  L'esprit et le talent, la cordialité,
    L'air de sincérité,
Du bon monsieur Vautour! ce grand peintre d'histoire
    Qui ne vit que de gloire,
    Tout me défend de croire
Qu'il soit un misérable, un infâme, un judas.
— Des goûts et des couleurs on ne dispute pas.
  Invitez donc à vos brillants galas,

Puisque vous êtes riche,
Les renards, les vautours, pour vous faire piper ;
Les singes, les corbeaux, pour vous faire draper,
Si c'est votre plaisir. Quant à moi, je m'en fiche.

Le lendemain d'un des plus beaux banquets,
D'une très-grande fête,
Messire Paon reçut jusques à trois billets,
En forme de poulets,
Et chacun d'eux portant cette requête,
De payer une dette,
Que trois de ses amis, de ses chers commensaux,
Avaient soi-disant faite,
En achat de couleurs, de toile et de pinceaux.

Maître Paon répondit dans un superbe style :
— Cela m'est très-facile.
Vous êtes des nigauds,
Messieurs les animaux,
Vous demandez cent francs ! je vous en prête mille.

— Bravo ! bravo ! vois-tu, mon cher Renard,
Ce bon billet que l'orgueilleux richard,
En ma faveur vient de souscrire,
Dit le madré Vautour, en éclatant de rire.

— Comme toi, j'ai reçu de cet aimable sire,
Même valeur de mille francs,
Repartit Renardeau. Prodiguons-lui l'encens,
Afin de mieux le circonscrire,
Et mener bonne vie, à ses frais et dépens.

Maître Renard et compère Vautour,
Ces deux vils hypocrites,
Flagornaient à fureur sire Paon chaque jour,
Sur ses talents, sur ses mérites.
Ils lui disaient : — Vos vers harmonieux,
D'un effet si pompeux ;
Vos tableaux merveilleux,
Enlèvent les suffrages,
Et l'admiration se peint sur les visages,
Se lit dans tous les yeux.
Croyez-moi, Monseigneur, cet excès de louange,
On peut le dire en vérité,
Vous rendrait fou de vanité,
Si vous n'étiez un ange.
A tel point cet encens lui troubla le cerveau,
Lui fit tourner la tête,
Que ce fier porte-aigrette,
Plus que jamais donna dans le panneau

Tendu par les deux chefs, Vautour et Renardeau,
Qui s'écriaient : — Pour nous quelle conquête
Vive le matador !
Oh ! l'adorable bête !
Ce Paon sera pour nous une poule aux œufs d'or.
Les sapajous, ces farceurs, ces paillasses,
De plaisir gambadaient,
Faisant des sauts et des grimaces.
Les faucons, les milans, les vautours, les agasses,
Riaient,
Se trémoussaient.
Les corbeaux croassaient
En signe de victoire ;
Et sire Paon était ivre de gloire.

La nuit tombait lorsqu'arrive en courant,
Tout près de perdre haleine,
Chez notre matador, chez notre grand Mécène,
Le fin Renard, qui lui dit en entrant,
Demi-pleurant :
— Sachez, Seigneur, et ma joie et ma peine.
Le prince Constantin,
Pour le palais du Kremlin,
Vient de me commander une grande coupole.

Doit-elle m'échapper faute d'un coup d'épaule,
     N'ayant pas une obole ?
     Ajouta Turlupin.

    — J'ai deviné ta parabole,
Et vois qu'il te faudrait de l'or en ce moment.
Je veux bien le fournir immédiatement ;
  Mais, dans ce cas, faisons arrangement,
     Si pour toi je m'immole
     En lâchant la pistole.
    Va donc composer le sujet,
     Calcule ton effet,
     Prépare les études,
     Dessine bien au trait
     Toutes les attitudes ;
     Fais-nous un beau carton,
Que tu m'apporteras, afin que j'y retouche,
     Lui dit maître croûton,
     En faisant bonne bouche.
Mais à côté du tien, j'entends mettre mon nom :
  Si cela te déplaît, tu n'as qu'à dire non.
    — Et qui donc pourrait croire
Que je refuserais une si grande gloire ?
    Un tel excès d'honneur ?

Vous me comblez, noble seigneur,
S'écria Renardeau, d'un air déclamatoire.
Avec votre talent, votre capacité,
Vous me conduirez droit à l'immortalité.

Le projet du Renard réussit à merveille.
Messire Paon, plein de fatuité,
Retoucha le dessin qui lui fut présenté,
Et puis dans sa stupidité,
Sans se faire tirer l'oreille,
Il finança, ravi de son traité.

Maître Vautour, portant bien haut la tête,
Un soir chez sire Paon se montre tout à coup,
Sans arriver à pas de loup.
L'abominable bête
Entre résolûment,
Salue et dit hyperboliquement :
— Vous qui portez le diadème
Des lettres et des arts,
Vous, le roi des plumards,
Notre digne Mécène,
Dont le talent pyramidal
Et les grandes idées

Mériteraient un piédestal
De la hauteur de cent coudées,
Il faut, noble animal,
Ecrivain sans rival,
Plein de force et de grâce,
Publier un journal,
Afin que dans les arts la lumière se fasse !

— Tope, lui répond soudain
Notre richard, en tapant dans sa main :
L'idée est grandissime,
Et même je la crois très-excellentissime ;
Nous allons sans retard l'établir dès demain,
Et faire en son honneur un superbe festin.
Mon cher Vautour, je vous place à la caisse.

— C'est un poste d'honneur pour ma délicatesse.
— Qui pourrai-je nommer en fait de bon gérant ?
— L'honorable Bertrand.
C'est un industriel capable et fort habile,
Connu de Gavarni, de l'illustre Granville.
— Il nous faut au journal un premier rédacteur ?
— Nommez-vous, Monseigneur.
Pour les bureaux, nous avons des confrères,

Des amis dévoués, des cousins et des frères.
Comment le baptiser ? Cherchez dans vos lumières,
Je veux un nom brillant; donnez-nous un conseil ?
— Un beau titre serait celui *du vrai Soleil*.
— Je suis de votre avis, ce titre est sans pareil !

Quand la feuille parut, on fit royale fête !
Le rédacteur en chef relevait son aigrette,
Nageait dans le bonheur et se montrait à tous.
   Le fin gérant, prince des sapajous,
Et le caissier, ces deux grands pique-assiette,
      A force de gloux-gloux,
      Fléchirent des genoux
      Et perdirent la tête.

    Toute médaille a son revers.
Avec des animaux doublés de fourberie
     Et de coquinerie,
Un caissier si rapace, un gérant si pervers,
L'entreprise bientôt alla tout de travers.
    Grâce à leur ânerie,
    Grâce à leur théorie,
    On condamna deux fois,
      En six mois,

Le malheureux *Soleil* à de fortes amendes.
Les imprimeurs se trouvant aux abois,
    Adressaient leurs demandes
Au caissier du journal, et l'indigne sournois,
    L'ignoble personnage,
Vous les éconduisait d'un petit air narquois,
    Assaisonné d'un doucereux langage ;
    Ou bien encor le cher monsieur Vautour,
    Qui se connaît en mauvais tour,
Montrait aux réclamants, avec un air candide
    Sa pauvre caisse vide.
Certe il ne mentait pas, car l'animal perfide
Venait la mettre à sec avant le point du jour,

    Or donc, au lieu de grimper au Parnasse,
    Notre gobeur d'encens
    Fut en très-peu de temps,
Par tous ses chers amis, réduit à la besace.

Le Porc-épic.

Un porc-épic, tout cuirassé de dards,
 Rusé, plein de malice,
 Un Harpagon pour l'avarice,
Était encor le roi des papelards,
Et le type incarné des voleurs, des pillards.

Un jour cet animal, dans un vaste domaine,
 Avise une masse de fruit,
Dont l'aspect chatoyant l'allèche et le séduit.
—Ah ! pour moi, se dit-il, quelle fameuse aubaine,
 Si je pouvais dans la semaine
 En remplir mon réduit.

Lors on vit chaque soir, sur le coup de minuit,
 A l'heure des fantômes,
Porc-épic se rouler sur un monceau de pommes,
 Qu'au bout de ses piquants
 Il emportait à travers champs.
De manger, de dormir il ne prit pas le temps.
Brisé par ce travail et presque à l'agonie,
Mourant de faim, de soif, prêt à perdre la vie,
Ce ladre, ce grigou, ce vrai Fesse-Mathieu,

Disait encor dans sa monomanie :
— Hélas ! mon Dieu,
Faut-il que pour si peu
Ma maison soit remplie.

Remarquez, je vous prie,
Qu'il avait bien céans
De quoi vivre cent ans,
Et que cet animal n'était pas en ménage,
Puisque dès le jeune âge
Pour lui seul il vivait, sans amis, sans parents.

A l'horizon, aux confins du bocage,
On voit subitement se former un orage.
Des éclairs successifs éblouissent les yeux,
Tous les vents déchaînés agitent le feuillage,
Et la foudre qui gronde en sillonnant les cieux
Le contraint, malgré tout, à quitter son ouvrage.
Mais ce vieux maraudeur, plein de rapacité,
Depuis sept à huit jours avait tant brouetté
De fruit dans sa demeure,
Que le fou se trouvait sans logis à cette heure.
Une pluie à torrent lui tombe sur le dos,
Lui transperce les os.

Il se lamente et se démène
En s'écriant : — Où donc passer la nuit,
Puisque ma case est pleine ?
Décidément de mon réduit
Je vais ôter un peu de fruit ;
Mais, s'il reste dehors, il se peut qu'on le vole !
Et le voilà qui pleure et se désole,
Va chez tous les voisins, d'un air d'humilité,
Demander l'assistance et l'hospitalité.
Mais lorsqu'on reconnut cet odieux avare,
Tout aussitôt sans dire gare,
Chacun avec célérité
Ferma sa porte en replaçant la barre.

Vers le matin,
Porc-épic fut trouvé devant son domicile
Mort de froid, mort de faim,
Pour avoir méconnu ce précepte divin
Écrit dans l'Évangile :
— Aimez votre prochain.

L'Écureuil et le Bouvreuil.

Le retour du printemps ramenait la verdure;
Les vallons chaque jour se diapraient de fleurs
Aux riantes couleurs,
Et les bois reprenaient leur verte chevelure;
Enfin tout respirait l'amour dans la nature.

Un charmant écureuil d'une rare beauté,
D'une extrême gaîté,
Le regard plein de feu, coquet de sa personne,
Aussi vif, aussi prompt que l'électricité,
Et d'une gentillesse aimable et folichonne,
Aperçut, d'un rapide coup d'œil,
Un amour d'écureuil
Qui folâtrait dans un bosquet du voisinage,
Au delà du rivage.

Il a des airs de prince ! Ah ! que j'aurais d'orgueil
S'il descendait de mon lignage.
Tantôt quand je verrai mon ami le Bouvreuil,
Lui qui sait tout, il me dira, je gage,
Si c'est un mien parent, quelque petit cousin,

Ou bien un orphelin.
Mais, si c'était une orpheline !
Se dit le diablotin...
Sur un esquif d'écorce ou de racine
Je débarque aussitôt chez ma belle voisine,
Puis je mets à ses pieds et mon cœur et ma main.

Tout à point le Bouvreuil survient à tire d'aile
Auprès de son ami, son compagnon fidèle,
Qui le reçoit à bras ouverts
Et lui fait part de ses projets divers.

—Je connais en effet la gente demoiselle,
Qui du reste n'est point de votre parentelle.
C'est un bijou des plus charmants,
Reprit notre bouvreuil, et tous ses mouvements
Sont pleins de grâce. Et la lutine
Reçut des cieux
D'incomparables yeux,
Dont le tendre regard vous touche et vous fascine.
Son corsage est soyeux
Comme la martre zibeline ;
Et la blancheur de sa poitrine,
Où bat un cœur joyeux,

Egale celle de l'hermine.
Le jouvencel, brûlant d'amour,
Partit avant la fin du jour,
Par un bon vent, une légère brise,
Sur un petit bateau que l'onde favorise ;
Et ce vaillant rameur,
Avec deux brins d'osier d'une même longueur,
En vrai navigateur,
Dirigea son vaisseau vers la terre promise.

Notre jeune beauté fit un très-bon accueil
A l'aimable écureuil,
Qui par amour et courtoisie,
Venait de passer l'eau,
Sur ce frêle radeau,
Au péril de sa vie.

Avant l'aube du jour, à son grand déplaisir,
Lorsqu'il fallut partir
Pour revoir une mère attristée,
Qu'en tapinois il a quittée ;
A sa belle il promet de toujours la chérir,
Et chaque soir de revenir
Passer prèsd'elle lanuitée.

Ses amis, ses parents étaient dans la douleur,
Lorsqu'apparut le déserteur,
Portant sa queue en poupe
Sur l'arrière de la chaloupe,
Et naviguant comme un brave marin.
Le petit nautonnier, le cœur plein de courage,
Cinglait vers le rivage
Sans aviron en main.

La bonne et tendre mère
Reçut dans ses deux bras le petit téméraire,
Ce jeune audacieux,
Qui venait d'affronter des écueils si nombreux
En traversant cette rivière,
Et lui dit : — Mon cher fils, mon petit jouvencel,
Ecoute, au nom du ciel !
C'est moi qui t'en supplie,
Ecoute les avis de l'amour maternel;
A l'avenir n'expose plus ta vie.

Mais le fils n'écoutait qu'avec distraction ;
Et le cœur tout brûlant d'amour, de passion,
Derechef il vogua vers l'épouse chérie
Avec laquelle il veut fonder sa dynastie.

Enfin, malgré la pluie et le temps orageux,
Notre jeune écureuil, toujours plus amoureux,
Sans crainte, tous les soirs, se rendait chez sa belle,
Quand tout à coup un vent des plus fâcheux,
Fait, hélas ! capoter sa petite nacelle.

Mais soudain le gaillard,
Aidé par le hasard
Et s'armant de courage,
Put encor cette fois aborder au rivage.

Depuis lors l'écureuil, avant chaque départ,
S'assure du regard
Si l'air n'est point chargé de quelque gros nuage
Ou du moindre brouillard.

Comme il faisait le plus beau temps du monde,
Un jour, notre navigateur,
Au comble du bonheur,
Retournait voir sa blonde,
Lorsque des branchillons, flottant au cours de l'onde.
Touchèrent, par malheur,
Du hardi voyageur
L'équipage modeste,
Le trop léger bateau.

Ce choc inattendu, cet incident funeste,
Fit tout à coup sombrer écureüil et radeau !

— Tant va la cruche à l'eau.....
Je m'arrête lecteur, car vous savez le reste.

Le Dindon.

Un vieux Dindon proclamait l'autre jour
    Son savoir, son mérite,
Ainsi que ses hauts faits d'autrefois en amour.
— Je suis, assurait-il, un des oiseaux d'élite ;
Je donne des avis sans qu'on les sollicite,
    Et si j'ouvre le bec dans une basse-cour,
Chaque auditeur alors s'incline tour à tour,
    M'applaudit et m'encense
Comme un noble Dindon de rare intelligence.
Je m'occupe de tout, même de l'art divin
    Du médecin,
Et dès que mes parents, amis et camarades
    Sont blessés ou malades,
    Je les guéris soudain.

Sans voyager de Paris à Pékin,
    J'ai trouvé le modèle
    De l'oiseau sans cervelle
    Dans un bipède humain.

TABLE DES MATIÈRES.

	Pages.
Préface	III
La Pic et le Corbeau.	11
Le Baudet peintre.	14
La Cavale et le Vautour.	18
Les Goujons.	27
Le Renard, peintre.	31
Les deux Lapins.	33
La Jument et son Poulain.	35
Le Renard voyageur et son auditoire.	40
Le Singe faux Bonze.	44
Le Lapin et le Cheval.	54
L'Ane professeur.	57
Les Ramiers, le Vautour et l'Aigle.	59
Le vieux Renard et son fils.	61
Le Vautour.	62

Le Coq souverain. 65
Les deux Louveteaux. 86
La Poule et le Coq. 87
Les deux Chiens. 88
Le Baudet et le Singe. 98
Le Goujon, le Brocheton et le Brochet. . . 101
Le Paon peintre et poëte. 103
Le Porc-épic. 116
L'Ecureuil et le Bouvreuil. 119
Le Dindon. 125

POISSY. — TYPOGRAPHIE ARBIEU.

POISSY. — TYPOGRAPHIE ARBIEU.